金斗女 시인 · 서양화가

전북 부안 출신으로 전주교육대학 회화과를 나와 미술 특기 교사로 재직했다. 1994년『해평시』에 詩「바다가 불렀다」외 9편을 상재해 문학 활동을 시작하여 서울시인상과 경기도문학상 본상을 수상했다. 시집으로는『여자가 씨를 뿌린다』,『삐비꽃이 비상한다』,『꽃에게 묻다』,『빛의 정釘에 맞다』외『상황문학』3~17집,『작가연대』1~14집 외 한국시인협회 사화집 및 다수의 공저가 있다.「상황문학」과「한국작가회의 고양지부 회장」을 역임했다.

E- doonye@hanmail.net

빛의 정釘에 맞다

시와표현 시인선 103
빛의 정釘에 맞다

초판일 | 2020년 7월 11일

지은이 | 김두녀
발행인 | 박무웅
편집인 | 김희숙
디자인 팀장 | 나영채
펴낸곳 | 도서출판 시와표현
주소 | 서울특별시 관악구 과천대로 939, 1002호
(남현동 르메이에르 강남타운 2차)
전화 | 02-523-8848 010-8907-9161
E-mail | 시와표현 happyv2011@hanmail.net
http://cafe.daum.net/nbv9907

ISBN | 979-11-90943-00-0
값 10,000원

* 이 도서의 국립중앙도서관 출판예정도서목록(CIP)은 서지정보유통지원시스템 홈페이지(http://seoji.nl.go.kr)와 국가자료공동목록시스템(http://www.nl.go.kr/kolisnet)에서 이용하실 수 있습니다.
* (CIP 제어번호: CIP2020027827

시와표현 시인선 103

金斗女
시집

빛의 정釘에 맞다

시와 표현

그림 김두녀

시인의 말

도마뱀이 허물을 벗은 맨살로
사구를 헤집고 다닌 지
여러 해가 지났다.

급할 땐 꼬리를 내주며
근근이 여치나 나방이를 노리며 살다가
다시 속살을 내보여야 할 터

혹독한 모래사막에서
뜨거운 담금질이 계속 되는 이유는
아직 하늘의 별을 따 담는
꿈이 있기 때문이다.

2020년 여름
김두녀

차례

1 민들레 그 모성母性

2 횡단보도

3 길 위의 가을

4 생명의 노래

5 핑크빛 시트

[해설]

유년의 원형 이미지와 생명 에너지 145

허형만(시인. 목포대 명예교수)

1 민들레 그 모성母性

봄꽃

바람은 머뭇거리지 않습니다

사랑은 순간이지만
영원으로 함께 가는
길 위의 몸짓

아 뜨거운 입맞춤입니다

민들레, 그 모성母性

부추밭에서
꽃 진 민들레를 캐다가
앞 베란다에 펼쳐 널었다

하루 만에 다 시들어버린 민들레
허공에 부풀어 오른 둥근 씨앗
민들레는 제 몸 비틀어지는 아픔 속에서
품고 있던 씨를 공중으로 차례로 쏘아 올렸다

그 이튿날에도
사흗날에도
희고 둥근 하 많던 씨앗은
하얀 우주촌을 만들었다

민들레에 놀라
저 것 좀 보라고 남편을 불러내고
좀처럼 오지 않는 손주들을 기다린다
한 주 내내 지켜보며 어서 와서
애들 좀 보라한다

각시붓꽃

겨우내 덮었던 낙엽 밀어내며
산모롱이에 핀 작은 각시붓꽃
진보랏빛 미소로
소풍 나온 우릴 반긴다
작년에 만났던 고 작은 각시붓꽃

율아, 이 꽃 좀 봐봐 각시붓꽃이야!
아유, 이뻐요!
온아 ! 이 꽃 좀 봐봐,
각시붓꽃이래!

율이가 동생 부르는 소리에
조용하던 오솔길이 놀라
꿈틀거린다

세상에 나와서
할머니와 처음 본 각시붓꽃
아이들은 이 꽃을 기억할 것이다
"할머니붓꽃"이라고

누리장나무꽃

볕이 뜨겁다
시 쓰랴 그림 그리랴 내 삶도 땡볕이다

나의 시님은 어떤 모습일까?

살아남기 위한 전략일까
삼복더위에 뜸들이던 자색 꽃봉오리
산꽃이 뜸한 틈을 타
눈부시게 터져나는 고 작은 꽃은
백합 향기로 산허리를 휘감다가

구시월이 되면
짙푸른 열매 빨간 꽃받침마다
사파이어처럼 빛나는
눈부신 누리장나무꽃?

어떤 이는
비릿한 냄새가 내 시를 닮지 않았다고 말하지만

그래도 나는 향 깊은 누리장나무꽃
비릿한 그 나무를 닮았다고 한다

.

빛의 정釘에 맞다

옷깃 단단히 여미고
아파트 숲을 빠져나와 걷는
플라타너스 가로수길은 수선스럽다
찬바람에 길을 잃은 낙엽
발등에 차이는데

화정역 광장에 내리는 햇살
얼음덩이 쪼아대고
대리석 틈새로 숨어드는 물기를 좇아
멧비둘기 날아와 목을 축인다
혹한에 용케 살아남은
좀처럼 달아날 줄 모르는 녀석을 두고
참 다행이라고 홀로 웃었더니
환하게 따라 웃던 광장

한낮 햇살은 날카롭다
단풍잎 고운 색을 벗기고
비둘기 날개에도 내려앉아 깃털을 녹인다

흙과 바람으로 버무려진
내 정수리마저 따갑다
빛의 속도는 예외가 없다

봄물

내안에 널 맞기에는
아직 이른데
얼음장 밑에서도 달려 왔나보다

창문을 열면 새하얀 날갯짓
백목련은 품 안으로 날아들고
눈 돌리면
미소 머금은 살구꽃 꽃망울
터질 듯 날 바라보고 서 있다

쓰나미처럼 밀려와 덮치는 봄

혼자 감당하기엔 너무 벅차서
계단을 오르내리는 사람들
거친 숨소리

저마다 앓는 봄

반달

아파트 빌딩 숲 사이로 들어와
자목련 가지 위에 잠시 걸터앉더니
집안에만 박혀 있다고
눈 흘기고 사라지던 너를
붙잡을 수도
따라 나설 수도 없었다

반쪽이 너?

이중문을 밀고 들어와
할 말을 잃은 듯
빤히 바라보던 그 광채 그 미소
우주공산에 떠 있으니
길은 열려있으나 멀고 아득하다
약속한 이 사람아

춤사위

양지바른 뜰 춤추는 으아리꽃

또르르 돌며 당기고 늦추는
느린 네 박자에
땅 하늘 구분 없는 그대 고귀한 삶

기쁨 넘치는 추임새에
소매 끝 치켜들면
그리움자락 따라 오르고

하늘 한켠 바라보니
피어나는 얼굴 얼굴들

아, 넘실대는 인고의 세월이여!

휴식

창공을 가르던

제 몸 빨갛게 달군
늦가을 잠자리 한 마리

알알이 여문 연밥 위에 앉았다
미동도 없이

오랜 친구인 듯
서로 말이 없다

시 속에 길이

우리말 지킴이 좋은 시를 만나면
"아하 바로 이거야, 그렇지!"
하고 무릎을 치며
고전음악 선율에 빠져들 듯
그 깊이를 알 수 없는 시 여행을 떠나고

어떤 시는
한 번도 보지 못한 사전 속에 잠든
우리 언어를 찾아내 주변의 일
몸소 겪은 일을 격한 감정에 버무리어
생명을 불어넣는다

이렇게 이 세상에 나온 시는
숱한 사람들에게
어깨동무를 한 뜻밖의 친구가 되어
지난날을 활보하다가
높이 솟아오르는 종달새가 된다
길을 놓칠지언정 절대로 떨어지지 않는

길을 잃을지언정 포기하지 않는 새가 되어
길을 찾는다

아, 시인이시여 행복하시라, 그리고 영원하시라!
추임새를 넣었더니 앙드레 류가 바이올린을 들고 나와
"마이웨이, 마이웨이!"한다
시 속에 숱한 길이 있고
크고 작은 희망이 있다 함께 가자
손을 붙잡는다

흔적

봄꽃 벙글기 전부터 오르내리던 국사봉
하얀 벚꽃 꽃눈으로 날리던 산길을
뽀드득 소리 날라 자분자분 걸었네
내딛는 발끝마다 깊어지던 봄

불현듯 나타난 붉은 빛에 매료되어
공 구르듯 단숨에 굴러간 산 아래는
복숭아꽃 농원이었네
선생님이 묻는 말에도 손들어 대답을 할 때에도
벌겋게 달아오르던 꽃봉오리 적 그 얼굴이
환하게 웃고 있었네

그 모습 성급히 카메라에 담다가
깃털 수북이 쏟아놓고 사라진
섬뜩한 흔적 위로 헛디딘 발
엊그제 후두둑 날아오른 꿩이 아닌가
누구의 짓일까 따질 것도 없이
잠깐 머물다 간 생명을 위해 손 흔들었네

꽃 보던 마음 저만치 달아나고
개 짖는 마을을 돌아 나오던 쓸쓸한 길
내 발자취를 되짚으며
미지의 길을 터덜터덜 걷고 있었네
어릴 적 꽃봉오리는

여귀꽃

빈 들판
무서리를 밟고 온 소슬바람이
개울가 여귀꽃을 흔드는 오후
당신의 소리에 귀 기울입니다

깊어가는 늦가을
개울가 빨래터 발갛던 손
그리움이 고개를 들어
당신 닮은 여귀꽃 한 줌 따다가
식탁 위에 올려놓고 바라만봅니다

늘 수줍은 미소 발그레한 얼굴로
허리 휘도록 집 안팎을 서성이던 모습이
오늘따라 더 고운 건
뒤돌아보는 나의 길 위에
오롯이 서 계시기 때문입니다

당신 살아생전에는

뭐가 그리 바빠 앞만 보고 달려 왔는지
어느덧 석양에 누운 그림자
되돌릴 수 없는 강물이
앞을 가로 막습니다

발갛게 젖은 손 어머니!
당신은 아직 곱습니다

내소사 당산나무

능가산 기슭 아담한 절 내소사, 수령 천년의 느티나무는 때때로 윤기 흐르는 이끼 옷 갈아입고 예나 지금이나 변함없을 줄 알았다. 너른 품 온갖 생명 품다 못해 도드라진 발등 위로는 태곳적 양서류와 공룡 새끼까지 구물거리는 듯했다.

오랜만에 다시 찾은 당산나무, 성치 못한 가지 잘라내어 속이 퀭한 할매나무는 이른 새벽 관음봉 중턱에서 찾아든 정화수를 모셔놓고 하늘 한 번 땅 한 번 우러르다 살포시 손 흔들어 산문 밖 할배나무 바라본다.

삼신께 기도드리던 어머니, 자식들 잘되라고 부디 잘 살펴 주시라고 날마다 양손 모으셨다. 발아래 낮잠 자던 어린 것들 이불 덮어 달라 팔 끌어당겨도 귀찮아하지 않으셨다. 감아 놓은 시계태엽이 다 풀려서야 사랑방에서 건너오시던 아버지.

산그늘 짙은 마당에 홀로 서서 어머니 속치마를 가만

히 붙잡아 본다. 아버지를 기다리며 밤이 이슥토록 바느질을 벗 삼던 내 어머니 구슬픈 콧노래가 들리어온다.

그녀의 풀밭

밟힐 듯 말 듯
후미진 길가 민들레 한 송이
태양처럼 솟았다
궁을 떠난 그녀
봄이 왔다는 걸 알기나 할까?

거친 땅을 밟아 본 적 없는
그녀에겐
외면당한 국민이 태양

봄은 찾아오리라
겹겹이 위선으로 포장 된
현란한 옷가지 하나 둘 벗고
해 맑은 날
나비처럼 훨훨 날아
성긴 풀밭에 앉으리라

괜찮다는 말

감나무 잎이 유난히 눈부신 날
희망의 닻 높이 올린 새 정부
주말에도 파격인사 계속 되다가
청문회에 발목 잡혀
지지율 하강을 지켜보던 국민
–괜찮아, 괜찮아

1980년 5월 18일
첫딸 출산 소식에
목포로 출장 간 아기 아빠
출산 소식에 집으로 가던 길 금남로에서
계엄군 총탄에 스러져
아빠 없이 자란 서른일곱의 딸
2017년 5 · 18 기념식장에서 얼굴도 못 본
부친께 올리는 편지글을 낭독하여 모두 눈시울을 붉힐 때
뚜벅뚜벅 걸어 나와 아비처럼 안아 주던 나라님
기념식장에 모인 이들, 티비를 지켜보던 사람들 따라 울며
–괜찮아, 이제 괜찮아

마흔 해를 딸처럼 돌봐온 군자란
지난겨울 촛불시위 정국에 추운 베란다에서
잎의 반을 동상으로 잃고도 꽃을 피웠다
잘린 날개 누런 잎 닦아주며
미안하다 내 잘못이 크다
–괜찮아, 이제 괜찮아

어항 속 구피
수놈한테 쫓기면서도 춤을 추지
내가 불 끄고 잘 때까지
잠시도 쉬지 않는 빨간 꼬리 수놈을 보며
속 붉어지는 밤
–괜찮아, 나 괜찮아

친구들과 둘레길 걷는다고
이른 아침에 집나간 그이
저녁에 술친구를 또 만난다하여
부글부글 끓던 내 속이

하도 얄궂어
 –괜찮아, 나 괜찮아

하루가 깃드는
괜찮다는 속 깊은 이 말이
참 괜찮아
 –괜찮아, 괜찮아

2 횡단보도

가벼운 빗방울

가슴 두근거리진 않아도
밤 뒤척이다가 마른 땅에 떨어지는
가벼운 빗방울이고 싶은

시린 손 잡아줄 때보다
더 큰 따스함이 온몸 전해지는
그런 약손이고 싶은

폐부 깊숙이 들이킨 숨
뱉지 않아도 독이 되지 않는 충만함으로
붉은 노을 속 빨려들고 싶은

불꽃 같은 사랑도
결국 밤마다 딴 이불로 잠자리를 청하는
이별 연습을 되풀이한다

사랑은 회오리바람
우주 안 생성과 소멸의 연결고리였다가

붙잡히지 않는 바람, 바람
그래서 난 아직도 사랑앓이를 하나 보다

딱 다섯 시간의 여유

걸러낸 엿기름물이 고요를 되찾았다
잠시 후 뜨거운 밥알을 맞아
서서히 열을 올릴 터
90도에 육박하는 뜨거움 속
몸 섞는 사랑이라 치자
정해진 다섯 시간
딱 그렇게 너를 사랑하면
내 요술에 걸려들어 백기 들고 나오리라

불덩이 속 뛰어들어도 그렇게 변하지는 않지
다섯 시간 족히 너를 품다가 삭아 내린
너의 빈 육신 둥둥 떠오르면
100도가 넘는 뜨거움으로 완성하리라
더 이상 내 말 좀 들어달라고 보채지도
얼굴 붉히지도 않으리라

횡단보도

왕복 8차선 횡단보도
양방향 멈춰 선 수십 대의 자동차
바쁜 걸음 멈추고서 어서 걸어보라
날 응시한다
굽은 어깨 쫙 펴고
앞뒤로 번갈아 활개치는 양 팔
발끝에는 힘 일자걸음이 아니면 어때
시선은 15도 위
앞을 본다
가장 폼 잡고 걸어보는
길 위의 무대는 황홀하다
언제 내릴지 모르는 대단원의 막
하늘에 맡기고
잠시 각본 없이 펼쳐 보이는
횡단보도 위
나의 길

줄새우에게 하는 말

긴 수염 사방으로 뻗고
물속 뛰어다니는 넌
뱃속 까만 줄이 내장이라지?
속 보인 까닭에
누가 건들면
그냥 밀어붙여 싸움판을 만든다지?
감출 게 없으니 두려울 것도 없는 넌
긴 수염 갑옷 입은 투사
그래도 성질부리지 말고
자지러져서도 안 돼
절대 보이지 마
머릿속까지는

주홍장미

큰 불이다

한데 엉긴 열 개의 불덩이가
앞 다투어 타오른다

하나하나 떼어
줄을 세운 뒤 꽃대 끝에 불침도 놓고
느리게 더디 타라 차가운 물속에 푹 담근다

그냥 두고 볼 수 없는
톡톡 터지는 황홀한 불 속
새 한 마리 날아든다,
두 마리, 세 마리, 네 마리…

큰 불이다
사랑이란 서로 제 몸 사르는 일

소식

쉽게 눈에 띄지 않는
까만 날벌레 한 마리가
종일 내 곁을 맴돈다
얼굴로 날아들면 손 저어 내쫓아도
멀리 날지 못하는 좀스런 그놈은
사람 냄새 그리워하는 줄 어이 알고
소파에 누워 있어도 식탁 앞에 앉아 있어도
날 따라와 얼굴을 더듬다가
코끝 간질이며 귀찮게하는 걸까
겁 없던 그 사람
시도 때도 없이
그것도 취중에만 모기 소리로
"여보세요 !" 하던
손바닥 크게 펼쳐 세차게 내치지 않았는데
이내 사라져버린
그 사람 지금 어디?

너냐, 나냐

불현듯 발밑으로 찾아와
온몸으로 반기는 봄맞이꽃
문 밖 화단이 환하다

눈에 넣어도 안 아플
희고 여린 너희를 어찌할거나
집 안으로 들여놓는다하여
누가 뭐라 할까

풀썩 주저앉아 손주를 맞듯
볼에 눈 부비며 안아보고 싶지만
차마 그러지 못하고
바라만 볼 뿐

눈 감아도 눈 떠도
내 눈에 밟혀 길어진 목을 두고
누가 그렇게 보고 싶었던 것이냐
네 할미 나냐?

백공작의 유혹

해맑은 삼월 공작새가 날개를 편다

작은 몸집으로
큰 날개 불끈 들어 활짝 편 새하얀 깃
광란의 잔잔한 날갯짓
대숲 지나는 바람소리에
한가로운 동물원은 눈 휘둥그레지고
나는 덩달아 휘파람으로 힘을 북돋아준다
더 크고 더 멋지게 오래오래 춤추라고
경이로운 동작을 붙잡으려
휘파람을 불고 또 분다

꽁지내린 암컷은 딴전만 부리는데
숨이 멎을 것 같은
수컷의 아름다운 유혹에 매료된 나
입 떠억 벌린다
순백의 날개를 탐하며

다람쥐랑 놀다

산 한 바퀴 거뜬히 돌아 나오는 산모롱이에서 다람쥐 한 마리가 길을 막는다. 나는 가던 길을 뚝 멈추고 '저 놈 좀 봐라 볼은 왜 저렇게 불룩하지?' 달아날까봐 꿈쩍 않고 벌이는 눈싸움.

내 다리가 먼저 휘청하여 몸을 움직였더니 후다닥 길을 내 준다. 몇 걸음 내딛다가 아쉬운 마음에 살짝 뒤돌아보니 가던 길 되돌아와 금방 사라져버리는 다람쥐. 살금살금 따라가 보니 땅굴로 통하는 큰 구멍 안에서 두 눈을 반짝인다. 번지던 미소.

나는 겨울 채비를 하던 다람쥐의 길을 막았지만 어서 건너가시라 길을 비켜준 건 다람쥐다. 가슴 부풀고 화끈 달아오르던 얼굴

나는 작은 꿈을 이루었다
어릴 때부터
다람쥐랑 놀고 싶었거든

내 친구

언니 손 꼬옥 잡고
메뚜기 떼 소란스런 논두렁을 지나
한나절 내내 찾아간
낯선 산동네 외삼촌 댁

알알이 불거진 콩꼬투리
금방이라도 콩이 튀어나올 듯하고
비탈진 콩밭 빨갛게 익어가던 수수목 사이에
나보다 먼저 달려온 친구가 있었지

내가 뛰어가면 미끄러지듯 달려오고
내가 멈추면 그 자리에 서서
빤히 날 보며 웃고 있었지
반갑고 신기해서 뛰다 멈추길 반복했지

봄볕 나른한 명동 백화점 앞
높은 계단에 뜬 보름달 내 손 붙잡고
하늘아래 쏟아놓던 통 큰 웃음소리

요즘도 달을 보며 그때를 웃지
서로 달이 되어 웃지

아버지의 봄

매번 뒷걸음질 치던 봄
앞뜰 서성이면
먼 들녘 아지랑이 속에서 소 몰던 아버지
카랑카랑한 그 음성 들릴 듯 말 듯

양지바른 담장 밑
도둑고양이 자올대다가
나른한 몸 쭈욱 기지개를 켜면
숨어보던 꽃샘바람 줄행랑을 치던

어미 따르던 병아리 떼
보송보송 솜털 세워
여린 날개 파닥이면
금빛 햇가루 사방으로 흩어지던

집집마다 저녁연기 솟아오르고
워낭소리 앞세워 울 아버지 대문 들어서면
후다닥 마른 걸레 챙겨들고

대청마루 닦아내던

봄볕 내리쬐는 앞 베란다에 나가
실한 팔뚝 걷어 올리고
고단한 아버지의 봄을 맞는다
스멀스멀 뼛속까지 파고드는 봄

가을앓이

바다보다 너른 들녘
잔물결 찰랑이던 초록바다가
황금빛으로 출렁일 무렵
추석빔 마련하러 장에 가신 어머니

어머니를 기다리며
담 모퉁이에 앉아 홀로 놀다가
멀리 보이던 어머니 모습이 너무 반가워
후다닥 뛰어나갔다

논두렁을 눈 감고 달렸을까
방동사니 들풀에 걸려 넘어지고 말았다
사금파리에 찧어 하얗게 나온 정강이뼈
울음보를 터뜨렸다
단숨에 뛰어오신 어머니
장보따리 던져놓고 달래다가
다급하게 꺼내 보인 색동저고리에
울음 뚝 그쳤다

추석날 아침 새 옷 갈아입고
아픈 무릎 세우며 어른들을 따라가던 성묫길
예닐곱 살 색동저고리가 가슴을 앓는다
황금벌판 머리에 이고
단지걸음 하시던 내 어머니
어머니가 그리워서

꽃우물 연가

그이 귀빠진 날 호국로에는 무궁화 꽃물결 넘실대고
아파트 입구에는 짙은 향 뿜어내던 천사의 나팔꽃이
긴 여정 곁에 있어줘 고맙다고 코끝을 찡하게 했다

식구 많은 집 다섯째 딸 꿈 많던 소녀
때마다 작은 돌을 주워 노란 입김 솔솔 불어 넣은
노랑별 매마른 지구별에 떨어져
바람 잘 날 없던 그 시절
시도 때도 없이 불려나가던
영공수호領空守護 바쁜 걸음마다
쿡쿡 찍히던 그 많던 시간들 외줄기 빛으로 스쳐 지났다

꽃이 많이 피어 우물 속에도 꽃이 핀다는
꽃우물 마을※에 입주 한 지 25년
해 뜨기가 무섭게 망치소리 쩌렁쩌렁한 아파트 숲에서
불면 날아갈라 만지면 터질라 양 날개 퍼덕이며
감싸 안던 두 아이 올곧게 자라나
새 둥지로 날아간 지 오래

덩그렇게 남은 두 사람 힘을 내야할 터
날마다 국사봉에 올라 내는 휘파람소리

나루터 왕버들 여린 손 흔들 때면
강물은 위로하듯 산 그림자 떠밀고
태풍이 다 지날 때까지 어린 새끼 품어주던 어미갈대
무거운 짐 내려놓듯 허리를 꺾었다
노을 강 모여들던 철새들 푸른 별로 내려앉던 밤
행주산성 천길 물속에 오색 불기둥 박아놓고
그 속에 들어앉고 싶었다

행주나루에 허름한 배 한 척 당겨 놓고
서러웠던 일 켜켜이 쌓아 배 띄우리라
아름다운 지구별의 고독한 연주자로
풀피리 불며 들풀을 일으키리라

※꽃우물 마을: 화정花井의 옛 이름

몽돌 이야기

모난 돌은 물을 만나야 해
바닷가 돌은 파도에 서로 부딪고
물가 잔돌은 개울가를 참방거리며
물결에 몸을 맡기거든
작고 예쁜 몽돌이 되려고

회장이 돼 달라 1년 반 뜸들이더니
회원과 합세하여 둠벙 속 밀어 넣을 때
봉사하겠다는 마음으로
큰 저항 없이 빠져들었지

침몰을 자처한 돌 돌
서로 부딪치며 닥치는 대로 몸을 굴려
편두통에 눈정신마저 어찔어찔해도
산소 같은 회원들 덕에 쓰러지지 않았지

광고를 싣기 위해 지체 높은 회장님을 찾았다가
소득 없이 돌아서서 짓던 쓴 미소 위안 삼아

대의를 위한 일이라면 스스로 단호했지
눈 뜨면 몸 동그랗게 부풀리며
별것 아닌 일에도 황소개구리가 되었지

앞뒤 없이 달려들던 모난 돌 앞에서는
눈 찔끔 감다가도
단체를 위한 일이라면
신념의 세 치 혀 휘두르며 닥치는 행사마다
당찬 고집으로 밀고 나갔지

자나 깨나 웅덩이 속 툼벙대다 살아남은 돌
눈 코 귀가 없어졌다고 ~
자기 몸이 아니라고~
하, 몽돌이 되었다고? 무슨~

백두에서 한라까지

해방된 기쁨도 잠시
관공서 높은 곳마다 일장기 대신
성조기가 펄럭이던 해방 공간
이념의 대립과 강대국의 개입으로
38선은 그어지고 오도 가도 못하고
색깔논쟁에 휘말려 총부리 겨눈 지 70년
말 한 마디 삐끗하면
땅바닥에 납작 엎딘 낙엽으로 살았다

7년 7개월의 긴 이념전쟁 4 · 3
한라산 중산간 마을은 불타 사라지고
비명에 간 원혼 달랠 길 없어
이대로는 안 된다고 수십 년을 거슬러서
한 맺힌 역사가 누구의 역사인지 되짚어 보자고
제주 · 전국문학인 대회가 열리던 그날
판문점에서 만난 남북 정상
뜨거운 손에 이끌리어 경계선을 넘나들었다
헤어질 때 거듭되던 포옹을 눈여겨보던 어미 가슴은

두 정상 품에 안고 두 눈 꼭 감고서

낮은 자세로 평화의 말과
희망의 말만 오고가게 해주소서
천둥 번개 치고 모질었던 지난날은 덮어버리고
화해와 용서로 서로 사랑하게 해주소서
평화의 업적 만방이 기리게 해주소서

하늘 길과 바닷길이 열리는 그날
희망의 날개로 모란봉에 다다라서
서러운 눈물 왈칵 쏟아내게 하소서
야생화 만발하고 눈 녹아 콸콸 흐르는
백두하늘 훨훨 날아
천지에 비친 하늘도 품어보게 하소서
백록담에서 목을 축이고 제주할망께 큰절 올리게 하소서
고향집 마당에도 꽹과리 징 울려
날마다 축제의 날이게 하소서

동북아의 새별
평화와 번영의 한반도
동방의 등불로 거듭나게 하소서

3 길 위의 가을

눈약속

부추밭이 하얗다

부추밭을 반이나 차지한
봄맞이꽃을 보고
반갑다, 반가워
쪼그려 앉아 악수를 청한다

가느다란 꽃대
어린아이 손가락 만지듯 하여
다른 풀 다 뽑아내고
'내년에도 멀리 가지 마~'
땅에 엎드려 봄맞이꽃과 눈을 맞춘다

건드리면 큰일 날 기세
보호색 동글한 잎은
꽃 지고 씨방 여물 때까지
땅에 붙어 있을 거라 입 꼭 다문다

꽃 보러 와서

한꺼번에 어우러진 봄꽃 풍성한 날. 꽃눈 분분히 내리는 호수공원은 만원이다. 물 위를 누비는 물새들은 막 깨어나는 물풀을 헤집으며 짝짓기에 분주하고, 아들 며느리 앞세워 꽃구경 나온 사람들 너른 꽃그늘 아래 가든파티 준비 중. 쪼그리고 앉아 제비꽃을 들여다보는 여자아이 등 위로 따스한 봄볕이 무등을 탄다.

소란스런 공원, 가만히 귀 기울이면 아이 찾는 소리로 가득하다. 새소리, 멀리 공사장에서 나는 소음마저 제 새끼 부르는 소리로 들린다. 집안에서 놀고 있을 손주 생각에 나도 이름을 불러본다. 율아, 온아, 수아야, 리안아! 밖에 나와 저 꽃들 좀 봐봐! 꽃보다 예쁜 손주 생각에 낯선 아이한테 한눈을 판다. 꽃 보러 와서.

길 위의 가을

늦가을 나무들은 사정없이 옷을 벗고
가지에 아직 매달려 있던 잎 바람 타고
좁은 어깨 툭 치며 내려앉을 때
동무를 만난 듯 반갑다

안개비에 젖은 아기단풍 물방울 머금고서
늦도록 나보다 더 붉은 녀석 있으면
나와 보라 눈에 힘을 준다

이 고운 빛은 어디에서 왔을까?

젖은 땅에 엎드린 아기단풍잎을 보고
허리 굽혀 뜨거운 손 갖다 대니
녀석은 바르르 떨며
괜찮다, 괜찮다 한다

손 안에 든 아기단풍잎이 따뜻해져
뒤돌아보는 나의 길
가을은 황홀하다

시월에는

누구인가?
숲으로 나를 끌고 가는 이

푸욱 푹 빠지는 발
차라리 숲에 사는 나무이고 싶다

한 계절만이라도
나목으로 겨울잠을 자고
이듬해 새롭게 깨어나고 싶다

낙엽 지는 시월에는

잎의 말

어찌 새순만 고우랴
꽃망울만 어여쁘랴

꽃 진 자리에 돋아난 새잎은
크고 작은 생명을 여름 내내
품어 기른다

큰 바람 지나고
푸르던 잎
가을볕에 몸 뒤집어
봄꽃보다 더 붉게 타리라

실바람에 허공 반 바퀴 쯤 돌아
지상에 몸져누우면

어느 고운 손에 이끌려
꽃잠에 빠질 수도
책갈피가 될 수도

인연

피로가 온몸을 짓누르는 아침
날 일으키는 인연이라는 말

좋은 인연은 같은 곳을 바라보며
세상 끝 어디를 가든
서로 안겨
따뜻한 동행을 원한다

일상을 꿈꾸던 부부의 인연
처음엔 늘 함께 하기를 원하다가 결국
서로 자유롭고 싶어 골은 깊어지고
아슬아슬하게 언제 끊어질 줄 모르는
팽팽한 인연 줄로 살다가

가장 가까이서
가장 멀리
험한 길 동행하는
낡은 신발과도 같은 존재이다가

필경 피붙이도 대신할 수 없는 생존 줄을
행여 놓칠세라 서로 붙잡고 있다

가을 길, 그대

낙엽 쌓인 약수터 지붕이
따뜻해 보이는 건
나목을 부러워하기 때문
언제 우리가 낡은 옷 훌훌 벗고
새봄이던 날 있었던가?

오솔길 새끼다람쥐 한 마리
후두둑 길을 비켜주는 늦가을
무서리에 빨갛게 물든 단풍잎이
노을 속 빨려들 듯 서있네

푸른 꿈이 사라진 낙엽은
탄성을 실컷 지른 지난날이고
노을 빛 단풍 속은 차마 섞지 못한
우리들 얘기가 붉게 타는 거네

가을비에 흠뻑 젖은 가슴이
쓸쓸하고 고독한 까닭은

바람에 떨어지는 나뭇잎 하나에도
사랑과 이별이 묻어있기 때문

아, 이제는 지레 눈 붉힐 것 없네
언제일지 모르는 그날의 설렘
어서 오시게
아름다운 그대여, 그대여!

철부지 꽃에게 거는 기대

창밖에는 소복이 쌓인 눈
앞 베란다에서 추위에 떨고 있는
장미 꽃봉오리

안으로 들여놓으면 화들짝 피어날 텐데
화분이 너무 커 바라만 보다가
세상과 단절이라도 시키듯
예리한 가위로 단단한 꽃대를 자른 뒤
깊은 컵에 꽂아 식탁 위에 올려놓고
희망처럼 피어나라 한다

이러지도 저러지도 못하는 난민촌 아이들
굶주림에 지친 아프리카 아이들
전쟁을 피해 국경을 넘어온 아이들보다
꼭꼭 숨겨둔 북한의 아이들이
더 시리게 빛나는 저 꽃봉오리 속 아침

오래 피어 있거라

식탁 위를 밝힌 샛노란 장미야
이 세상 구석구석 못다 피고 스러진
아이들을 위해 기도하느니
억울하게 살다간 이를 위해 기도하느니

어설픈 소망 부끄럽지 않게
의지 불태우며 버겁게 살아온
나를 위해 기도하느니

곤줄박이

커튼을 열고 내려다보는
V자가 선명한 곤줄박이
말라붙은 감꼭지를 물고 있네

하늘 한 번 올려보고
세상 한 번 둘러보는
젖 먹다가 해찰하는 아기처럼
농익은 홍시 겨우내 빨아먹고도
여태 빈 젖을 물고 있네

모로 누워 동생 젖을 물리고 있던
높디높은 엄니 등 뒤에서
젖가슴 한번 만지려다
혼쭐이 난 곤줄박이

봄볕에 그을린 젖꼭지 물고
아직 머리를 흔드네
까만 V자가 서러운 곤줄박이는

첫눈 내리던 날

한낮에 내리는 첫눈
탐스런 눈꽃송이를 반기며
큰 공원을 돈다
핸드폰에 걸려 우는 새
통유리 밖 함박눈이 너 같아!
기분 좋은 친구의 말 한 마디에 나비처럼 날다가
다른 친구에게 재빨리 전화를 걸어
학교 측백나무 울타리 넘나들던 참새 떼처럼
한동안을 재잘대는데
노송 가지에 걸린 해
어젯밤 비틀거리며 들어오던
희끄므레한 그 얼굴
자기야 첫눈이 와 !
장도 섰어. 생태찌개 해줄까, 낙지볶음 해줄까?
말이 없다
둘 다 해 줄게
숨어버리는 해
바람 자고 눈발 성해진다

별이 빛나던 밤

초저녁 달은 서산으로 기울고
짙푸른 하늘
별빛 고운 객주문학관 너른 뜰에는
옛일 생각나는 두 동상이 앉아있다
사각 진 양은도시락
성긴 강낭콩이 든 잡곡밥을 무릎 위에 올려놓고
수저를 높이 든 남학생 옆에는
누이 같은 여학생이 곁눈질로 쳐다보고 있다
도시락이 없는 남학생들은 이미 교실을 벗어나
운동장에서 힘껏 축구공을 차고 있으리라

가난했던 6,70년대
해마다 지독한 가뭄에 흉년이 거듭되어
보릿고개를 지나 올벼가 익어갈 무렵은
쌀 양식이 거의 다 떨어질 때다
식구 많은 집 딸 내 언니
한 됫박 쯤 되는 쌀을 물에 씻어
삶은 보리쌀 한가운데에 꼬옥 묻고

가마솥 밥을 지었다
동생들 도시락에 보리밥이 민망하다고 쌀밥으로 덮었다
그때 꿀맛이던 점심시간은 세월의 강을 건너
푸른 밤하늘 속 녹아들고
비단결보다 더 고운 언니의 재치는 별똥별 되어
밤하늘을 스쳐 지난다

얼음꽃

메마른 가지마다
참 따스한
햇살 머금은 얼음꽃

그리움 펴 올릴 적마다
혼불로 사위어가는

마지막 한 방울도 찬연한
햇살 머금은 얼음꽃

하산 길, 뒤돌아보다

봄이 오는 길목 음산한 날씨에도 산행을 강행했다. 산 능선에 오르기도 전 눈발이 날려 하산을 서둘렀다. 삽시간에 눈은 길을 지우며 사방으로 열리던 산길. 눈보라에 맞서다가 길을 잃지나 않을까, 미끄러지지나 않을까, 차라리 서두르지 않기로 했다.

산 아래 당도하여 걸어온 눈길을 뒤돌아본다 발부리 안으로 허둥댄 안장걸음, 뭐가 그렇게 급하고 두려웠던가. 양손에 스틱 잡고 뚜벅뚜벅 다시 걷는 나의 길. 밖으로 열린 발부리로 거침없이 밀어내는 아집과 욕망. 이제 와 꽃길은 아닐지라도 자유로운 세상 열릴지 몰라 아이처럼 자꾸 뒤돌아보는 내 발자국.

태몽 그 이후

1.
솟아오르는 둥근 달을 보고 크게 놀라
“망월이요! 망월이요!”
품에 안길 듯 다가오던 커다란 보름달
비록 서쪽에서 떠올랐으나 두렵고 황홀했던 심정을
고스란히 들려주시던 어머니는
꿈에서 깨어 다섯째 딸 나를 낳으셨다

내가 달을 좋아하는 이유

2.
집으로 가는 길
큰 느티나무가 있는 두 갈래 길
큰 황소를 만나 걸음을 멈추었다
길을 비켜주지 않던 황소가 무서워
한참 만에 돌아가던 길
풍작이 들어 때깔 좋은 벼가 텃논 가득
머리를 수그리고 국정 논의 중이었다

꿈에서 깨어 잘 생긴 아들을 낳았다

3.
산책 중 바닷가에 정박해 있던 배
한복판 칸막이 안이 궁금하여 가까이 가보니
수많은 실뱀들이 꼬물거렸다
몇 걸음 뒤로 물러났을 뿐인데
진흙탕 길에 서있던 그이 팔뚝을 걷어 올리고
땅속 깊은 데서 들어 올린 건
흙 한 점 묻지 않은 새파란 배추였다

꿈에서 깨어 예쁜 딸을 낳았다

나는 꿈 때문에 아들이 못 되었고
꿈 때문에 지금도 자식들을 이기지 못한다

저 봉수요

추수를 마친 농촌마을
품앗이 김장을 마치고 초가지붕 잇고 나면
들썩거리던 마을은 조용해지고
새 단장한 동네 초가지붕은 머리 맞댄 단발머리 초등생이
옹기종기 모여 공기놀이를 하는 듯했다

눈이 많이 내리던 그해 겨울
한밤 중 '퉁'하는 소리에 잠에서 깬 아버지
집안을 살피시다가
곳간 앞 터진 쌀 포대에 놀라 발걸음 멈추셨다
소변을 보고 다시 그 앞에 다가가 큰 기침을 하시고
방으로 들어와 도둑이 든 것 같다고
식구들을 깨우셨다

크게 술렁이던 밤
아버지는 다시 곳간 앞으로 다가가
큰 기침을 또 한 뒤 물으셨다
"거 뉘시오?"

“. . . . . . .”

“거 뉘시오?”

“저 봉수요.”

“뭐, 봉수? 자네가 왜 거기 있는가?”

“지나던 길에 배가 고파 들어왔습니다.”

잠시 정적이 흘렀다

“혼자인가?”

“예, 그렇습니다.”

큰 키에 신체 건장한 봉수아저씨
1년이 짧았는지 이듬해 또 머슴살이를 하겠다고
일이 끝난 겨울에도 우리 집을 떠나지 않았다
쌓인 눈 치우며 동생들과 눈썰매도 탔다
겨우내 하는 일이라고는 새끼 꼬는 일 뿐
고봉밥으로 식량만 축내다가
말없이 훌쩍 떠나버린 아저씨

침입당한 곳간
철문보다 더 두꺼운 나무문에는
늘 걸려 있던 크고 둥근 자물통
곳간 내벽은 송판으로 둘러싸여
생쥐 한 마리 얼씬거리지 못했다
나무 문 위로 난 환기통
뜯겨 있던 창살

열어줄까, 날이 밝기를 기다릴까?
만감이 교차한 아버지
놀란 우리는 아버지 얼굴만 바라보았다

문이 열리자 컴컴한 속
머리를 숙인 채 걸어 나온
덩치 큰 아저씨
모두들 두려움에 떨고 있을 때
죽을죄를 졌다며 거듭 용서를 빌었다

배가 고파 생쌀을 먹었다는 말에
아버지는 다그치듯 빨리 밥 지으라 하시고
봉수아저씨를 데리고 안방으로 들어가셨다

일 년 치 새경 노름으로 거들내고
밤손님으로 나타나
눈물 훔치던 쌀밥 한 그릇
아버지의 귀한 훈계 언 귀에 꼭꼭 담아
동 트기 전 무릎 꿇고 큰절하고 떠났다
깊은 우물 속 같던
아버지 조끼호주머니에서 나온
지전 몇 닢
왼손 꼬옥 쥐고

4 생명의 노래

왕숙천과 임금마을

무지개 핀 수목원 끝자락은
허공에 뜬 발 꽉 붙잡았네

푸르른 노송 위로 크낙새 날아들면
꽃길마다 흩뿌려지던 영산홍꽃잎
울고 웃던 임금마을

산 너머 봉선사 목탁소리에 젖어젖어
여선정에 다다른 산골짝이 물
초승달을 먼저 품고
절로 크던 비단잉어 등지느러미 휘날릴 제
왕숙천에 임금님 행차하실라
꿈꾸듯 앞마당을 돌아서네

가을볕에 타들던 계관화鷄冠花
초록 날개 펼쳐들면
도지는 그리움
소망 한 줌 오롯이 안고 먼 길 떠나는가

바람개비 으아리 씨앗은

*왕숙천과 임금마을: 남양주군 진접읍 장현리 소재. 광릉을 다니던 임금님이 쉬면서 머물던 마을

숲

엊그제 만난 빨간 홍나리
어느새 꽃잎 떨구고
까만 씨 품고 있다

해거름에 대벌레들의 행렬에 놀라
발걸음 뚝 멈추었다

알에서 막 깨어났다고 하기에는
너무 큰 숲의 침입자 같은 저들은
긴 다리 치켜들고 떼 지어
어디로 가는 건가 보금자리를 찾는 건가?

숲은 사랑의 성전
수많은 생명을 낳고 품는
대자연의 어머니

오늘 나는 어머니 품속에 있었다

병실의 밤

절벽 아래 생명줄 던져 놓고
사투를 벌이는 고단한 밤
침상을 올려다보며
쪽잠을 청한다

창틈 새어드는 찬바람
도진 비염 쏴쏴 파도소리를 내고
여기저기서 들려오는 코고는 소리는
이 산 저 산 넘나드는 큰바람소리

수술을 마친 한 여인의 앓는 소리에
병실의 밤은 익어만 가는데
한밤 조각내는 잠꼬대 소리에
머리끝이 선다

살아내는 소리가 어디
앓는 소리나 비명뿐이랴
들리지 않는 삶의 소리에
지구는 돌고 돈다

머그잔을 위한 세레나데

푸른 잎에 까만 버찌 그림
곡선미 넘치는 머그잔이
나도 모르는 사이에
실금이 가고 이가 빠져버렸다

나를 위해 헌신한 지 25년째
하루에도 몇 번씩 입에 닿는 촉감까지
오감을 일깨워준 분신 같은 머그잔
차마 외면하지 못해 은밀히 마주 대할 때마다
버찌 눈 동그랗게 뜨고

주인님 우리 함께 가요
당신이 죽을 때까지 난 옆에 있을 게요
그래 고맙다 나도 끝까지 널 지킬 테니
더는 아프지 마라
고마운 게 어디 너 뿐이겠느냐
평생 가족을 위해 속이 까맣게 타들었을
그이는 또 어떻고

이 세상에서 스러질 때까지
온전할 이 아무도 없겠다는 생각에
서글퍼지다가도
너나 나나 매 순간마다 파랑새가 되어
희망의 알을 품고 사는 걸

물레나물꽃

한여름 물레나물 꽃
굽어진 노란 꽃잎
물레를 닮아 씨앗 멀리 보내겠다
둥글넓적한 씨방 촘촘히 박힌 빨간 꽃술은
숱이 많아 베 매는 솔
땡볕에 잘 견디겠다

태모시 손질하여 전지에 걸어놓고
무릎이 닳도록 비벼 잇던 품앗이 모시삼기
동네 아낙들 웃음소리에 집안이 들썩거렸다
젓을대 통과한 실 바디에 꿰어
이른 아침부터 왕겻불 지펴놓고
삭힌 풀 올올이 발라 뻣뻣해진 날실
도투마리에 감아내며 땀 뻘뻘 흘리시던 어머니

베를 짤 때엔 남의 손에 건너갔다가
한참 만에 돌아온 모시베
서너 번 삶아 빨아 빨랫줄에 내다걸면

마당 가득 흰 물결 넘실거려
파도를 타던 왕잠자리 장대 끝에 앉아
퍼런 눈알을 굴렸다

다듬질에 마름질까지 손수 하시어
식구마다 새 모시옷 한 벌씩 해 입히시고
미소 짓던 어머니
어머니 품속으로 달려간다
물레나물 꽃 보면

인수봉에 매달린 아이들

북한산 칼바위 아래 당도하여
심호흡으로 바라보는 삼각산 인수봉

바위틈마다 쇠고리에 매달려
벽을 기어오르는 사람들
수직으로 대롱거리며
온몸으로 느끼는 저 스릴
정상에 다다른 기쁨이사 어련할까마는
서로 놓치지 않으려 짓이겨지는 저 살점

아버지 등에 매달린 자식들
날마다 등굣길에 준비물을 사야한다 어서
돈 내 놓으시라 줄 서서 기다리다가
아버지의 깊디깊은 조끼주머니에서 나온
선잠 깬 지전 몇 닢 달아날라
손 꼭 쥐고 달음박질했다

무심한 자식들한테 짓이겨지던 아버지의 등

큰 기침으로 혼내시다가
때로는 허허 웃으시던 그 목소리 아련해져서야
귓바퀴 울리는 자식들 볼멘소리

아버지! 고맙습니다
아버지가 큰 산이었음을 이제 알았습니다

소경불알꽃

멀리서 워낭소리 들리어온다

안개 자욱한 아침 아버지 소 앞세워
쟁기 매고 뒤따라가신다
이른 봄 메마른 땅 갈아엎느라
거품 물고 헉헉거리던 누렁이
이랴 낄낄 모진 채찍 없이도
꾀를 내거나 한 눈 팔지 않았다
일 고되다고 드러눕지 않던 그 성실
사람이 대신할 수 없어 귀한 대접 받았다

빈 터 풀숲 삼복더위에
예기치 않게 꽃 피운 소경불알꽃
늘어진 가지에 매달린 꽃 방울소리는 없다
더위를 이겨내려 더 길게
그러다가 땅에 닿겠다

연못가 오동나무 그늘에서

목욕시키고 정갈하게 빗질하며
그저 자식 바라보듯 하셨다
담배 한 모금 길게 내뿜어
고된 일상 날려 보내시던 아버지

나른한 여름나절 이름도 얄궂은
소경불알꽃에 귀 세우니
워낭소리 들리어온다

전나무 숲길에서 만난 모기

아득한 날 화구를 들고 찾은 내소사. 입구부터 절까지 600미터가 넘는 길에는 전나무가 하늘을 찌를 듯 서 있었다. 예나 지금이나 볕이 들지 않던 흙길을 기분 좋게 걸을 때는 어디서 본 듯한 새들이 머리 위를 건너 다니며 소란스럽게 반겨주었다. 그때 그 길은 반나절을 앉아 있어도 오가는 이 몇 안 되었다.

국어과 교수님 부탁을 받고 20호 F, 꽤 큰 화폭을 채우느라 골똘해 있을 때, 나를 공격하던 까만 산모기는 떼로 덤벼들어 온 몸 찔러댔다. 여름 산을 속내도 모르고 들어와 자리 잡은 내가 잘못이었다. 통통 붓도록 피를 빨고 사라졌다가 한참 만에 또 나타나 숱 많은 내 머릿속까지 찔러댔다.

어둑발이 들어서자 동생은 근처에 살던 친구와 함께 나를 데리러 왔다. 동생 친구의 어머니는 밤길에 독사를 건드렸다가 되물려 돌아가셨다고 했다. 산동네를 찾아가는 밤길이 더 무시무시해졌다. 그 후 공을 들여 완

성시킨 그림은 화가지망생이 재료비 몇 푼 받고 외지로 들어가 산모기와 사투 끝에 얻은 선혈의 걸작이었다.

산모기 너 이놈들, 대를 이어 잘 살고 있었느냐? 나도 그렇다. 그때 그림은 '전나무숲길'이라 이름 붙여 전시 딱 한 번 하고 내보내 잊고 산다만, 연둣빛 계절 호젓한 전나무 숲길로 들어서기가 무섭게 네놈들은 내 머릿속을 헤집으며 떠오른다. 이 사람들아 전나무 숲길이 아닌 그 어느 곳에서도 다시는 날 아는 척 말라.

생명의 노래 · 1
–봄맞이꽃

야, 봄이다!
하늘 향해 가느단 팔 쭈욱 뻗어
봄을 맞는 봄맞이꽃 붙잡고
세상에서 가장 낮은 자세로 입맞춤한다
무엇이 두려워 땅에 납작 엎디어 있다가
날 보자마자 팔 뻗어 양손 흔드는가
손끝마다 피어난 새하얀 꽃잎은 눈이 시린데

봄맞이 여행 떠나 구명조끼 나누어 입고
철벽에 붙어 파르르 떨던 어린 꽃들
붙잡아 달라 내민 하얀 손, 손은
캄캄한 바닷속 헤매다가
꽃잎은 흩어져
수천만 가슴 속 파편으로 박혔는데
언제 다 마를 것인가
팽목항 울음바다는

금쪽같은 새끼들아

무책임한 어른이 없는 하늘에서 복락을 누려라
지켜주지 못한 죄 후생後生에는
너희들 발바닥이나 핥고 살 것이야

아가들아 부디 잘 가거라
오늘도 두 무릎 꿇고
세상에서 가장 낮은 자세로
네 보드라운 흰 뺨에
입맞춤한다, 아가들아!

생명의 노래 · 2
–목포 신항의 붉은 장미

세월호를 단단히 포위한 목포 신항
철망 밖 붉은 장미 몇 송이
긴 목을 내밀고
세찬 바닷바람에 휩쓸려
꺾일 듯 까부라지듯 몸부림치고 있다

노란 리본으로 장식한
사진으로 만나는 미수습자들
이 사람들아!
뭐하고 아직도 못 나오는 게야!
덜컥 내뱉는 말에 서로 억장이 무너진다

사랑해요 엄마!
여기에요 아빠!
저 여기 있어요!

절규하며 부르는 피 붉은 몸짓에
차라리 돌이 되었다
더는 눈도 귀도 없는

생명의 노래 · 3
–빛이 되라

세월호가
어른들의 거짓과 탐욕을 앞세워
심연으로 사라지던 날

어린 것들이 무슨 죄냐고
하늘이 진노하고 땅이 통곡을 했다
몸부림치던 바다
어둠의 그 끝에서
천일을 넘게 허물어진 소망
삭아 내린 골조는 진흙을 껴안은 채
뭍으로 나와서도 꼼짝달싹 못하는
거대한 흉물덩어리

구멍 낸 창으로
탐욕의 썩은 물 콸콸 쏟아내고
켜켜로 쌓인 진흙의 방
그 속에서 보물을 찾듯
희망을 찾는다

이미 별이 된
젊은이들을 하늘에 내걸고
어서 나와
이 땅의 새 생명
새 빛이 되라, 되라한다

빛의 섬 · 1
–산토리니

지중해 우뚝 솟은 산등성마다
소복이 쌓인 눈
녹지 않은 줄 알았다
다가가면 새발자국이라도
보일 줄 알았다

천년의 바람
화산재 다져놓고
사람들 둥글둥글 살자고 지은
얼음집 같은 새하얀 동굴집

지진으로 수몰된 도시에서
영혼이라도 살아나는 듯
해무 일어나 섬을 감도는데
일몰을 지키던 이방인만 망부석 되어
노을빛에 타고 또 탄다

붉은 혀

이글거리던 검붉은 바다 위
구름 밖 불쑥 나타난 해는
수평선 아래 빨려 들어
허둥대던 사람들 흩어지며 꿈을 꾸듯
별빛으로 흐르던
아, 보석처럼 빛나던 섬

빛의 섬 · 2
-산토리니 까마리 해변에서

드넓은 백사장
색 바랜 야자 잎 파라솔이 빠르게
원시시대로 날 몰고 가는데
거품 물고 달려와 잠시 심호흡을 하는
대서양의 푸른 파도

바닷가 산책을 마친 중년 여인
큰 바윗돌에 걸터앉아
빙그레 웃는다
나도 따라 웃는다

맨발의 그녀
제 발에 달라붙은 모래알을 붙잡고 웃고
난 그 속에 숨어든
오색무지개 발톱을 보고 웃는다
꼬물락거리는 발가락
떨어지지 않는 까만 모래알

얼른 사진 한 컷

찬란한 역사 신화의 나라에서
이방인들의 미소가 수면 위를 달리자
이글거리던 붉은 태양이
구름 속 몸을 숨긴다

파묵칼레의 오월

어디서 빙산이 떠밀려 왔는가?
장미정원에 둘러싸인
파묵칼레

먼 길 빙벽을 타고 달려온
온기 어린 석회수
장미향에 젖어들어
꽃무리 짓더니 이내
파란 호수로 빨려든다

바다 달려온 꽃양귀비
십자가 깃발 높이 들고
하늘 우러러
하, 우릴 반긴다

길
-포항에서 경주사이

한국시인협회 회원들과 찾아보는
울릉도와 독도
울릉도를 출발한 작은 배는
독도 땅을 밟을 수 있다는 설렘으로
파도에 몸을 맡기며 제 멋에 겨워
시 낭송에 취해 있을 때

접안이 안 된다고
작은 너울에도 접안이 안 된다고
독도 주변을 맴돌다가 빙 돌다가
괭이갈매기 날갯짓만 쳐다보다가
뱃머리를 돌려야했다

울릉도를 떠난 큰 배
침묵의 몇 시간이 지나자
망망대해를 순조롭게 잘 달렸다
포항에 다다라 경주로 이어지던 길
가까운 산에는

허탈한 가슴 달래기라도 하듯
어둑발에 비친 산봉우리 두 개가
열아홉 꽃봉오리였다

비 개인 봄날
산봉우리마다 느티나무 두 그루 심어내어
백 년 이백 년 산 꼭지로 키워내리
오가는 나그네들 엄니 생각나게
옆구리 시린 이들 위로받게
독도방문을 공친 서울 사람들
또 오라 마음 붙잡게

5 핑크빛 시트

무논

막 모내기를 끝낸 무논
내가 들어앉으니 마을이 들어오고
산이 나를 감싸니
석탄 실은 기차가 그 속을 지난다

정갈한 무논
개구리들의 소란에도
왜가리 한 마리 날아들어 망을 보자
그림이 꽉 찬다

함께 있다가
일어서서 나오는 순간 깨지는 그림
무논은 어린 모를 돌보느라
아무런 생각이 없다

발가락을 데었나

흩뿌려지는 햇조각들
땅 위에 내리는 축복이네

아스팔트 틈새에도 올곧게 뿌리내려
밟히고 뜯겨져도 용케 살아남은 민들레꽃
모퉁이 길 먼저 밝히네

봄기운에 이끌리어 문밖에 나온 사람들
앞 다투어 반색하니
그 열기 후끈 달아올라

허겁지겁 날아 앉던 하얀 나비
발가락을 데었나?
징검다리 건너듯 깨금발로 달아나네

핑크빛 시트

미소 머금은 손짓 두 번으로
큰 산을 옮겼다

거실로 들여온 군자란, 예고 없이 실한 꽃대 쭈욱 밀어올린 정월 초나흘 오후, 중국 우한에서 창궐된 코로나 19가 확산될 위기에 놓이자 나라 안팎은 공포 분위에 휩싸였다. 그에 맞선 나는 장갑과 마스크로 무장한 뒤 전철을 탔다.

체격 건장한 중년신사 임산부석에 다리를 모으고 젊잖게 앉아있다. 난 다른 사람들 눈을 거슬리기 전 자리를 옮겨야한다는 생각으로 씨익 웃으며 핑크빛 시트 아래를 손끝으로 가리킨 후 빈 내 옆자리로 오라는 손짓도 했다. 마스크의 마술에 걸려든 그 남자 당황하며 얼른 내 옆으로 옮겨 앉더니 쓰인 글자를 읽고 또 읽는다. 전철 안은 삽시간에 봄기운이 돌며 나라의 미래를 짊어질 핑크빛 시트가 환하게 웃었다.

호수의 봄

청춘열차 종착역 개찰구를 빠져나와
잠시 걸으니 눈이 환해진다

와, 의암호다!
마주보며 서있던 왕버들 두 그루가
온몸으로 반겨주던 갓길을 따라 걸으니
숫처녀를 만난 듯 술렁이던 호수는
무수한 물별을 띄워 우릴 반긴다

자갈돌의 맑은 침잠
그 속에 잠시 빠져드니
내 따스한 체온이 전해졌을까
먼 데 물질하던 물오리 떼 날아오르고
하얀 손등 올라타던 버들강아지
간지럼을 태운다

중도섬을 바라보며 걷던 한적한 나들길에
사랑의 세레나데가 울려 퍼지고

퍼붓던 햇살 호수를 한껏 감싸며
바이올린 선율을 조율한다
봄바람이 부추기면 수면 위로 하강하려나
천상의 슈베르트

봄기운 가득 실은 서울 행 청춘열차는
늦은 오후에야 만선의 배처럼
둥둥 떠갔다

맛

물 빠진 모래펄
삽으로 얇게 떠낸다
작은 흔적 위에
고운 소금을 뿌린다

짠물 스며들자
쏘옥 머리를 내밀었다가
숨어버리는 맛

다시 쏘옥 몸통까지 내밀면
잽싸게 뽑아 올려 너 이놈! 하자
순식간에 물총을 쏜다

이걸 이사 가라고 놓아줄거나
입에 물고 불어나 볼거나
어린 시절 하모니카를 닮았다고
신기하게 바라만 보았던

이 멋진 널 어찌할거나

참나리

아침 햇살에 용기백배하여
검붉은 꽃술 망치처럼 세웠나

중심에서
입술 번득이는 암술의 유혹을
모른 척 할 수 있겠는가

마침표 수없이 찍힌 다홍치마
뒤집어쓴 그 사람

전율하던 그 눈빛 찾으려 헤맨 세월
다 잊겠네, 입 꼭 다물겠네

찻집의 추억

한강물 유유히 흐르고
상수리열매 나뒹구는 강가

발 딛는 곳마다 소망을 심듯
다북다북 걷다가
상수리나무 높은 가지가 내려다보이는
전망 좋은 카페에 들었지
코끝 스미던 커피 향

해 기울던 행주대교
퇴근길 차들이 줄행랑을 치고
새소리 물소리 바람소리에 귀 기울이다가
먼 들판 실한 전봇대 위에는 흰 구름 잡아두었지

까마귀 머리에도 내려앉던 석양빛에
기울이던 포도주 한 잔
찬연하던 눈동자 서로 바라보았지
옛 이야기 쏟아 놓다가 세상 속 뒤집다가

암흑 속에 70년이 흐른 제주 4 · 3의 진실을 논하다가
그만 얼굴만 붉히고 말았지

가까운 날에 말할 수 있으리라
그해 가을은 참 뜨거웠노라 또한
아름다웠노라고 말하리라

박꽃이 필 무렵

해질 무렵 시원한 바람이 일면
뛰놀던 아이들 웃음소리에
박꽃은 하얗게 피어나고
생풀 얹은 모닥불 몽실몽실 살아나
집 안팎을 돌던 하얀 연기
까만 모기떼 몰아냈다

뛰놀다 곤히 잠든 동생들
차례로 잠자리에 눕히고 나면
도란도란 평상에 둘러앉던 여름밤
주고받던 그 많던 이야기는
반달을 보름달로 키우기도
시나브로 둥근 달을 갉아먹기도 했다

박꽃이 필 무렵에는

거미

빛깔 고운 단풍잎은 출근길마다
내 손에 붙들려
작업실 테이블 위에서 새 살림을 꾸릴 때

1층 베란다 밑에 세 든 거미
빨간 아기단풍 두 잎 거울처럼 걸어두고
요것 좀 봐 봐요 한다

그래, 그래
너나 나나 외로운 것도
가을 붙잡는 것도 매 한가지로구나

청보리밭 웃음소리

청보리밭에서
깔깔대는 소리 들린다
민들레 가족이 옹기종이 모여 논다

먹성 좋아 제비새끼들 같다며
끼니마다 만들어 대던 음식
이마에는 땀 허리를 펴면
안마를 해준다고 꼬막손 불끈 쥐고 달려와
젖은 등을 토닥거린다

사촌끼리 이마 맞대고 키를 재다가
우르르 구석방으로 몰려가 문 꼭 잠그고
비밀작전이듯 한참을 소곤거리고 나면
큰손주 율이가 짠 각본에 따라 펼쳐지는
생기발랄한 수아와 리안의 노래와 춤
멋쩍은 온이 깜짝 쇼에 매료 되어
이보다 큰 감동이 또 있으랴
건조증 두 눈알을 반짝이며

쏟아내던 웃음소리

혹독한 겨울을 이겨낸
청보리 밭을 걸을 때면
아이들 샛노란 웃음소리 종달새 따라
푸른 하늘 솟구친다

다락방에 뜬 해
-제주하늘채에서

억새 춤 현란한 제주 늦가을
돌 틈새마다 희망처럼 피어난 털머위꽃
샛노란 빛에 취해 춤을 추듯 걸었네

정향꽃 만발한 제주하늘채에서 마중 나와
화들짝 반기던 나비 철부지 흰 꽃잎 움켜쥐고
요 냄새 좀 맡아보라 했네
깊은 향으로 마주 대하던 오랜 얼굴
짜릿한 정情 꽃향으로 흐르던 그 밤
밤바다도 단숨에 달려와 밤새 놀아주었네

억새꽃 숨죽이던 아침 다락방에 뜬 해를 보고
앞마당으로 뛰어나가 팔 벌려 한껏 맞으며
태양이 솟는 한 절망은 어디에도 없으니
땀 흘려 일하는 이들을 축복하소서!

주문 같은 속엣 말을 듣기라도 했을까
큰 손 벌려 합장하던 야자수 잎

눈부시게 빛나던 제주하늘채

※제주하늘채: 서귀포 올레길 5코스 6코스 사이에 있는 아름다운 펜션 (주변에 쇠소깍, 정방폭포, 천지연 폭포가 있음)

제주 쇠소깍

푸르다 못해 검푸른 물속을 들여다보니
수많은 치어들의 보금자리

뛰어들기에는 아슬아슬했으나
다이빙을 하던 스무 살 안팎의 사내들
웃음소리 끊이지 않아
지켜보고 있던 사람들 입가에도
푸른 미소가 넘실거렸다

이루지 못한 사랑이 잠든 곳
젊은 영혼을 달래기라도 하듯
삽시간에 몰려온 해무
벼랑 아래 녹나무마저 감싸고돌아
간신히 떼배에 몸을 실었다

바닷물이 들락거리던 깊은 소沼
머슴과 주인집 딸의 사랑을 짐작이나 하겠는가
수심 깊은 곳 가라앉은 그들의 슬픈 사랑얘기

안개 난무하여 기암절벽에 매료된
이방인은 잘 모르던

박연폭포에서

큰비 지난 후 실비를 맞으며 처음 밟던 달이산 남쪽 끝자락, 원추리 주홍빛에 빠져 들다가 너른 치자 꽃밭이 주는 황홀함도 잠시 일행을 따라 다급하게 가던 길. 높은 산이 늘어뜨린 비단자락이 언뜻 보이자 환호하며 다가갔다.

우뢰와 같은 소리 감추고 수직 30미터의 물줄기로 낙하하고 있었다. 박연 선생의 피리소리 들릴까 몰라 시심 열고 귀 쫑긋하는 여유를 부렸지만 그 소리 들리지 않고, 웃음소리 앞세운 작가들 어서 사진을 찍자고 모여들어 저절로 끌려가던 몸.

폭포 앞 큰 바위는 사람들 눈에 거슬린다하여 다른 곳으로 옮겨졌다가 동네 사내들이 까닭 없이 죽게 되어 제자리에 다시 모셔 놓았다고 한다. 그 후 전설의 큰 바위는 소망을 담은 작은 돌탑 올망졸망 머리에 이고 몸집을 부풀린 채 천둥소리 받들며 가족과 나라의 안녕을 위해 빌고 있었다.

*박연폭포: 충북 영동군 심천면 옥계리 소재

함벽정의 오후

관광객이 뜸한 장마철, 비가 내릴까봐 우산을 들고 금강줄기 바라보며 큰 물결을 타듯 오르내리던 가파른 나무계단. 이어지던 솔밭 길을 걸을 때는 신선이 따로 없었다.

덥다고 봉황대에 올라앉아 얘기꽃 피우던 일행을 다그쳐 함벽정을 찾아가던 길 내내 강물은 유유히 우리를 따라왔다. 대밭 우거진 빈집 앞을 지나니 시집간 새색시가 남편을 기다리는 모습으로 다소곳이 앉아 있던 함벽정* 그 작은 품에 모두 안겨 시원한 강바람을 쐬고 있자니 콧노래가 절로 나왔다. 동요를 함께 부르다가 이어 학창시절에 유행했던 안다성의 `바람이 불면 산위에 올라 노래를~` 가사 한 구절이 떠오르지 않을 때엔 콧노래로 대신하며 목청 높여 끝까지 불렀다. 스스럼없이 기분 좋던 시간 가슴에 묻고, 그도 아쉬워 놓친 풍경 카메라에 담아가며 발걸음을 재촉했다.

누가 인생을 연출이라고 했던가. 작은 행복이 보태지

면 큰 행복이 되지 않겠는가. 가뿐한 걸음걸음 할머니 댁을 찾아가는 아이처럼 대절버스에 얼른 올라탔다.

*충북 영동군 양산면 봉곡리 소재, 양산 8경 중 5경

휘몰이장단에 맞춰
-홍순무교수님 팔순기념전에 부쳐-

삼복더위에 태어나
땀띠 날라 모기에 물릴라
부모님 무릎에 눕히어 살살 하던 부채질
작은 바람에도 깜짝 놀라 눈감았다가
방긋방긋 웃던 아기를 생각해 봅니다
이제 젊은 시절 다 보내시고
인생의 큰 매듭을 짓는 팔순을 맞는 개인전을
마음 다하여 축하드립니다

밝은 성품처럼 아름다운 색채는
사랑과 평화가 어깨 맞댄 한세상
휘몰이장단에 맞춰 신명나게 춤을 추다가
때로는 세상과 맞서 새만금 수문을 빠져나가는
물줄기 같은 괴력으로 불태우시던 예술 혼은
마침내 성화를 그려 성당에 봉헌하기까지
인고의 시간을 보내셨습니다
그 기백과 사랑의 정신은
어느 젊은이도 감히 흉내 낼 수 없을 것입니다

교수님은 사랑과 열정을 다해
제자들을 가르치고 보듬어주셨습니다
낙엽 구르던 그해 늦가을
야외 수업을 마치고 돌아오던 길
무거운 화구를 들고 허름한 식당에 들렀을 때
두부김치 푸짐하게 시켜주시던
그때가 생각납니다
춥고 배고팠던 학창시절
제자들은 꿀보다 더 달달했던
그때의 두부 맛을
지금도 추억 합니다

대학에서부터 60년을 한결같이
외길 인생 걸어오신 시대의 거장 교수님

지나온 80년이 10년 같지 않으신지요?
남은 여정도 지금처럼 노익장 자랑하며

늘 붓을 들고 계시는 건강한 모습만 보여 주십시오
사랑하는 가족과 함께
주님의 은총이 늘 함께 하시길 빕니다

2014년 8월 7일
제자 김 두 녀 올림

[해설]

유년의 원형 이미지와 생명 에너지

허형만(시인 목포대 명예교수)

[해설]

유년의 원형 이미지와 생명 에너지

허형만(시인. 목포대 명예교수)

별이 뜨겁다
시 쓰랴 그림 그리랴 내 삶도 땡볕이다
–「누리장나무꽃」

김두녀 시인이 제3시집 『꽃에게 묻다』 이후 7년 만에 제4시집을 출간한다. 서양화가로서 붓기둥에 의지하면서도 시인으로서의 본분을 잊지 않고 글기둥도 함께 잡고 놓지 않는 치열한 삶을 스스로 "땡볕"(「누리장나무꽃」)으로 비유한 예술정신을 우리는 이번 시집에서 본다. 퓰리처상 수상자인 케이 라이언이 2008년 『파리평론』과의 인터뷰에서 시 쓰기의 매력에 대해 "다른 어떤 것과도 다르게 생각하는 방식"을 꼽으면서 "시를 쓰지 않고서는 가장 심오한 방식으로 생각할 수 있는 방도가 자신에게는 없다"고 한 말을 떠올려보면, 김두녀 시인 또한 자신의 삶에 쏟아붓는 사랑과 생명 에너지가 시로 승화될 수밖에 없을 터이다. 특히 이번 시집에서 발견할 수 있는 '가장 심오한 방식'은 유년의 원형 이미지와 시대 · 역사의식 그리고 자연을 통한 생명의 찬미로 정리된다.

> 능가산 기슭 아담한 절 내소사. 수령 천년의 느티나무는 때때로 윤기 흐르는 이끼 옷 갈아입고 예나 지금이나 변함없을 줄 알았다. 너른 품 온갖 생명 품다 못해 도드라진 발등 위로는 태곳적 양서류와 공룡 새끼까지 구물거리는 듯했다.
>
> 오랜만에 다시 찾은 당산나무, 성치 못한 가지 잘라내어 속이 퀭한 할매나무는 이른 새벽 관음봉 중턱에서 찾아든 정화수를 모셔놓고 하늘 한 번 땅 한 번 우러르다 살포시 손 흔들어 산문 밖 할배나무를 바라본다.
>
> 삼신께 기도드리던 어머니, 자식들 잘되라고 부디 잘 살펴

> 주시라고 날마다 양손 모으셨다. 발아래 낮잠 자던 어린 것들 이불 덮어 달라 팔 끌어당겨도 귀찮아하지 않으셨다. 감아 놓은 시계태엽이 다 풀려서야 사랑방에서 건너오시던 아버지.
>
> 산그늘 짙은 마당에 홀로 서서 어머니 속치마를 가만히 붙잡아 본다. 아버지를 기다리며 밤이 이슥토록 바느질을 벗 삼던 내 어머니 구슬픈 콧노래가 들리어 온다.
>
> ─「내소사 당산나무」 전문

내소사에는 각각 "할매나무", "할배나무"로 불리는 수령 1천 년과 7백 년이 된 느티나무가 있는데 이 나무가 당산나무다. 당산나무는 민속신앙에서 마을을 지켜 주는 신령이 깃들어 있다고 생각하여 제사를 지내는 나무를 일컫는다. 특히 내소사 주도로 당산제가 오래도록 이어져 옴으로써 불교신앙과 민간신앙의 결합에 의한 복합신앙의 상징이 되고 있다. 김두녀 시인은 이곳 내소사에 와서 "성치 못한 가지 잘라내어 속이 퀭한 할매나무"를 만난다. 물론 "오랜만에 다시 찾은 당산나무"라 했으니 이번이 처음은 아니다. 이 할매나무가 "관음봉 중턱에서 찾아든 정화수를 모셔놓고 하늘 한 번 땅 한 번 우러르"는 상상력을 통해 자연스럽게 "산신께 기도드리던 어머니"를 떠올린다. "자식 잘 되라고 부디 잘 살펴 주시라고 날마다 양손 모으"시던 어머니의 지극정성과 "밤이 이슥토록 바느질을 벗 삼던 어머니 구슬픈 굿노래"는 자식으로서 잊을 수 없는 기억이 아닐 수 없다.

어머니에 대한 기억 중 시인을 낳았을 때의 태몽 이야기를 들어보자. "솟아오르는 둥근 달을 보고 크게 놀라/ "망월이요! 망월이요!"/ 품에 안길 듯 다가오던 커다란 보름달/ 비록 서쪽에서 떠올랐으나 두렵고 황홀했던 심정을/ 고스란히 들려주시던 어머니는/ 꿈에서 깨어 다섯째 딸 나를 낳으셨다"(「태몽 그 이후」). 마치 태생 신화를 듣는 듯 태몽 이야기를 들려주시던 어머니의 "개울가 빨래터 발갛던 손/ 늘 수줍은 미소 발그레한 얼굴"(「여귀꽃」)과 "다듬질에 마름질까지 손수 하시어/ 식구마다 새 모시옷 한 벌씩 해 입히시고/ 미소 짓던"(「물레나물꽃」) 모습, 그리고 "바다보다 너른 들녘/ 잔물결 찰랑이던 초록바다가/ 황금빛으로 출렁일 무렵/ 추석빔 마련하러 장에 가신"(「가을앓이」) 모습을 그리워한다.

가슴 두근거리진 않아도
밤 뒤척이다가 마른 땅에 떨어지는
가벼운 빗방울이고 싶은

시린 손 잡아줄 때보다
더 큰 따스함이 온몸 전해지는
그런 약손이고 싶은

폐부 깊숙이 들이킨 숨
뱉지 않아도 독이 되지 않는 충만함으로
붉은 노을 속 빨려들고 싶은

불꽃 같은 사랑도
결국 밤마다 딴 이불로 잠자리를 청하는
이별 연습을 되풀이한다

사랑은 회오리바람
우주 안 생성과 소멸의 연결고리였다가
붙잡히지 않는 바람, 바람
그래서 난 아직도 사랑앓이를 하나 보다

—「가벼운 빗방울」 전문

사람이 한 생을 살아가면서 '~이고 싶은' 게 어디 한두 가지일까. 김두녀 시인은 "밤 뒤척이다가 마른 땅에 떨어지는/ 가벼운 빗방울"이고 싶고, "따스함이 온몸 전해지는/ 약손"이고 싶고, "붉은 노을 속 빨려들고 싶은" 이 모든 것들을 "가슴 두근거리진 않아도" 실현되기를 바라는 "사랑앓이"로 상징화한다. 사랑이란 무엇인가? 한마디로 "회오리바람"이다. "우주 안 생성과 소멸의 연결고리였다가/ 붙잡히지 않는 바람, 바람"이 곧 사랑이다. 그러니 "우주 안 생성과 소멸의 연결고리", 즉 "가벼운 빗방울" "약손" "붉은 노을" 모두가 사랑이라는 대명제 안에 이 우주 속에서 다 연결되어 있음을 통찰한다. 인디언 위네바고족 루벤스네이크는 말한다. “어떤 식으로든 서로 연결되지 않은 것이란 존재하지 않는다. 모두가 서로 연결되어 있기 때문에 우리가 하는 모든 행동은 우주 전체에 영향을 미친다.” 우리는 서로 연결되어 있으며 우리 모두는 하나라는 인디언들의 정신의 중심에는 ‘사랑’이 존재한다. “서로 제 몸을 사루는 일”(「주홍장미」)이라고 명쾌하게 정의한 사랑에 대해 김수환 추기경님은 “사랑이 없으면 생명이 있을 수 없고, 삶이 있을 수 없으며, 우리가 존재할 수 없다”고 말씀하셨다.

김두녀 시인은 “식구 많은 집 다섯째 딸”(「꽃우물 연가」)로 태어나 이러한 사랑의 깊은 의미를 앞에서 살펴본 어머니를 통해서, “가난했던 6.70년대/ 해마다 지독한 가뭄에 흉년이 거듭되어/ 쌀 양식이 거의 다 떨어질 때/ 동생들 도시락에 보리밥이 민망하다고 쌀밥으로 덮어”(「별이 빛나던 밤」)주던 언니를 통해서, 그리고 “뛰놀다 곤히 잠든 동생들/ 차례로 잠자리에 눕히”(「박꽃이 필 무렵」)던 자신의 행동을 통해서 이미 배우고 익혔다. 그러다 보니 자연 “평생 가족을 위해 속이 까맣게 타들었을”(「머그잔을 위한 세레나데」) 남편을 염려하고, “큰 손주 율이가 짠 각본에 따라 펼쳐지는/ 생기발랄한 수아와 리안의 노래와 춤/ 멋쩍은 온이 깜짝쇼에 매료”(「청보리밭 웃음소리」) 되어 감동하기도 한다. 그만큼 김두녀 시인은 생에 대해 긍정적이며 매사 자기 안정

감을 갖추고 있다. 실제로 "살아내는 소리가 어디/ 앓는 소리나 비명뿐이랴/ 들리지 않는 삶의 소리에/ 지구는 돌고 돈다"(「병실의 밤」)라든가 "누가 인생을 연출이라고 했던가. 작은 행복이 보태지면 큰 행복이 되지 않겠"(「함벽정의 오후」)느냐는 사유가 그렇다. 이처럼 한 생을 살면서 온몸으로 체득된 사랑에 대한 사유는 자연 우주 만상에 대한 생명의 본질을 통찰하기에 이른다.

옷깃 단단히 여미고
아파트 숲을 빠져나와 걷는
플라타너스 가로수길은 수선스럽다
찬바람에 길을 잃은 낙엽
발등에 차이는데

화정역 광장에 내리는 햇살
얼음덩이 쪼아대고
대리석 틈새로 숨어드는 물기를 좇아
멧비둘기 날아와 목을 축인다 혹한에 용케 살아남은
좀처럼 달아날 줄 모르는 녀석을 두고
참 다행이라고 홀로 웃었더니
환하게 따라 웃던 광장

한낮 햇살은 날카롭다
단풍잎 고운 색을 벗기고
비둘기 날개에도 내려앉아 깃털을 녹인다
흙과 바람으로 버무려진

내 정수리마저 따갑다

빛의 속도는 예외가 없다

—「빛의 정釘에 맞다」 전문

시는 발견의 눈을 가진 자에게만 다가온다. 우리가 당연시하며 무감각적으로 지나치는 것들에서 깨어나는 눈, 놀라움을 받아들일 준비가 되어 있는 삶이 곧 발견의 눈이다. 우리는 날마다 들이마시는 맑은 공기의 은혜로움에 대해 무관심하듯 햇살에 대해서도 별반 다르지 않다. 그러나 "흩뿌려지는 햇조각/ 땅 위에 내리는 축복"(「발가락을 데었나」)이라 믿는 시인은 "화정역 광장에 내리는 햇살"의 빛남을 그냥 지나치지 않고 그 추운 겨울에 "얼음덩이 쪼아" 녹여낸 물기를 "멧비둘기 날아와 목을 축이"는 모습에 "참 다행이라고 홀로 웃었더니" 광장도 따라 웃는 풍경을 그려내고 있다. 라이너 마리아 릴케는 『보릅스베데의 풍경 화가들』에서 "풍경은 확실하다. 거기에 우연은 없다"고 말한 적이 있다. 한겨울 "메마른 가지마다/ 참 따스한/ 햇살 머금은 얼음꽃"(「얼음꽃」)을 발견한 것처럼 광장의 "비둘기 날개에도 내려앉아 깃털을 녹이"는 햇살에 대한 경탄은 마침내 시인의 "정수리마저 따가운" 은총을 감지한다. 자연과 인간이 하나로 조화를 이루는 이 생명성에 "빛의 속도는 예외가 없"는 것이라 "억새꽃 숨죽이던 아침 다락방에 뜬 해를 보고/ 앞마당으로 뛰어나가 팔 벌려 한껏 맞으며/ 태양이 솟는 한 절망은 어디에도 없으니/ 땀 흘려 일하는 이들을 축복하소서"(「다락방에 뜬 해」) 찬미한다.

창공을 가르던

제 몸 빨갛게 달군
늦가을 잠자리 한 마리

알알이 여문 연밥 위에 앉았다
미동도 없이

오랜 친구인 듯
서로 말이 없다

―「휴식」 전문

단 7행 속에 우주의 섭리, 자연의 생명이 숨 쉬고 있는 이 서정성을 보라. "제 몸 빨갛게 달군" 고추잠자리와 연밥, 그리고 "오랜 친구인 듯" 서로 말이 필요 없는 경지를 보라. 미국의 시인이자 화가인 커밍스가 노래한 "나의 눈이 눈을 떴다"를 잘 음미하면, 마찬가지로 시인이자 화가인 김두녀 또한 눈이 눈을 떠 이처럼 아름다운 한 폭의 풍경을 우리에게 선사하는 것이리라. 그뿐이 아니다. 막 모내기를 끝낸 무논에 "개구리들의 소란에도/ 왜가리 한 마리 날아들어 망을 보"(「무논」)고, 봄

날 바람은 머뭇거리지 않고 꽃에게 "뜨거운 입맞춤"(「봄꽃」)을 하며, "미소 머금은 살구꽃 꽃망울/ 터질 듯 날 바라보고 서 있"(「봄물」)는 풍경이야말로 현대인들이 기억해야 할 끝없는 자연의 순환임을 명심해야 하지 않을까.

야, 봄이다!
하늘 향해 가느단 팔 쭈욱 뻗어
봄을 맞는 봄맞이꽃 붙잡고
세상에서 가장 낮은 자세로 입맞춤한다
무엇이 두려워 땅에 납작 엎디어 있다가
날 보자마자 팔 뻗어 양손 흔드는가
손끝마다 피어난 새하얀 꽃잎은 눈이 시린데

봄맞이 여행 떠나 구명조끼 나누어 입고
철벽에 붙어 파르르 떨던 어린 꽃들
붙잡아 달라 내민 하얀 손, 손은
캄캄한 바닷속 헤매다가
꽃잎은 흩어져
수천만 가슴 속 파편으로 박혔는데
언제 다 마를 것인가
팽목항 울음바다는

금쪽같은 새끼들아
무책임한 어른이 없는 하늘에서 복락을 누려라
지켜주지 못한 죄

후생後生에는 너희들 발바닥이나 핥고 살 것이야

아가들아 부디 잘 가거라
오늘도 두 무릎 꿇고
세상에서 가장 낮은 자세로
네 보드라운 흰 뺨에
입맞춤한다, 아가들아!

―「생명의 노래 · 1 ―봄맞이꽃」 전문

김두녀 시인은 시대와 역사의식이 남다르다. 한국작가회의 소속 고양작가회의 회장도 역임하였으며 제주 4 · 3 사건(「백두에서 한라까지」), 광주 5 · 18 민주항쟁(「괜찮다는 말」), 맹골수도 세월호 침몰사고 등 역사의 현장엔 빠짐없이 찾아다녔다. 여기 「생명의 노래」는 세 편의 연작시로 세월호 침몰사고로 숨진 안산시 단원고 학생들에게 바치는 조시의 성격을 띤다. 먼저 「생명의 노래 · 1」은 "봄을 맞는 봄맞이꽃"에 시린 눈으로 2014년 4월 16일 전남 진도군 조도면 맹골수도에서 침몰한 세월호 "철벽에 붙어 파르르 떨던 어린 꽃들/ 붙잡아 달라 내민 하얀 손, 손"을 본다. 그리고 "팽목항 울음바다"에서 들리는 학생들 부모의 처절한 통곡도 듣는다. 이른 봄에 봄을 알리는 봄맞이꽃은 키가 약 10센티 정도밖에 되지 않아 "세상에서 가장 낮은 자세로 입맞춤" 해야 하는 꽃이듯 "오늘도 두 무릎 꿇고/ 세상에서 가장 낮은 자세로" 아가들의 "보드라운 흰 뺨에/ 입맞춤"

하는 마음이 절절하다.

「생명의 노래 · 2-목포 신항의 붉은 장미」는 침몰 3년 만에 선체가 인양되어 목포 신항에 거치된 세월호 앞에서 “세월호를 단단히 포위한 목포 신항/ 철망 밖 붉은 장미 몇 송이/ 긴 목을 내밀고/ 세찬 바닷바람에 휩쓸려/ 꺾일 듯 까부라지듯 몸부림치고” 있는 풍경을 마치 어린 영혼들이 “사랑해요 엄마!/ 여기에요 아빠!/ 저 여기 있어요!// 절규하며 부르는 피 붉은 몸짓”처럼 처연했음을 그려내고 있다. 이어 「생명의 노래 · 3-빛이 되라」에 와서 그 어린 영혼들이 인양된 세월호에서 “어서 나와/ 이 땅의 새 생명/ 새 빛이 되”기를 간절히 소망한다.

지금까지 우리는 김두녀 시인의 제4시집에 녹아들어 있는 유년의 원형 이미지와 생명 이미지 그리고 시대와 역사의식을 살펴보았다. 이제 마지막으로, 화가이면서 시인인 김두녀가 품고 있는 ‘시정신’과 ‘시의 길’ 예찬을 노래한 「시 속에 길이」라는 작품을 함께 들어보는 것으로 이 글을 마친다.

우리말 지킴이 좋은 시를 만나면
“아하 바로 이거야, 그렇지!”
하고 무릎을 치며
고전음악 선율에 빠져들 듯
그 깊이를 알 수 없는 시 여행을 떠나고

어떤 시는
한 번도 보지 못한 사전 속에 잠든
우리 언어를 찾아내 주변의 일
몸소 겪은 일을 격한 감정에 버무리어
생명을 불어넣는다

이렇게 이 세상에 나온 시는
숱한 사람들에게
어깨동무를 한 뜻밖의 친구가 되어
지난날을 활보하다가
높이 솟아오르는 종달새가 된다
길을 놓칠지언정 절대로 떨어지지 않는
길을 잃을지언정 포기하지 않는 새가 되어
길을 찾는다

아, 시인이시여 행복하시라, 그리고 영원하시라!
추임새를 넣었더니 앙드레 류가 바이올린을 들고 나와
“마이웨이, 마이웨이!” 한다
시 속에 숱한 길이 있고
크고 작은 희망이 있다 함께 가자
손을 붙잡는다.

시와표현 시인선

067 고형렬(한국) 마이 반 펀(베트남)시집 | 대양大洋의 쌍둥이
068 이두철시집 | 소반小盤
069 우경진시집 | 바다가 창문을 닫는 시간
070 김명은시집 | 고니가 왔어요
071 홍보영시집 | 굳이 말하라 하면
072 박재현시집 | 매화는 울지 않는다
073 황연옥시집 | 시인의 단추(개정판)
075 정경식시집 | 고백
076 박춘자시집 | 그리움을 곁에 두고
077 박고을시집 | 꽃잎베개
078 석정미시집 | 슬픔은 많이 넣으면 맵다
079 송태한시집 | 우레를 찾다
080 송연숙시집 | 측백나무 울타리
081 지시연시집 | 바람이 걸어 온 시간
082 권은중시집 | 물음표를 줍다
083 이수니시집 | 막다른 절정
084 최예숙시집 | 물방울이 범종을친다
085 한기옥시집 | 세상사람 다 부르는 아무개 말고
086 정안덕시집 | 연두 공을 치는 여자
087 이명덕시집 | 사당동 블루스
088 김이안시집 | 제비 무덤
089 정클잎시집 | 시간의 맥을 짚다
090 권영해시집 | 고래에게는 터미널이 없다
091 향가시회 | 가사 중의 가사
092 정병기시집 | 오독으로 되는 시
093 표현하는시인들
094 이두철시집 | 붉은 찔레꽃
095 임일남시집 | 세 가지 이름의 선물
096 김민정시집 | 시간의 기억
097 박형권시집 | 새로움에 보내는 헌시
098 김서은시집 | 위대한 브런치
099 유유 제1집 | 깊고 그윽하게
100 박무웅시집 | 패스 브레이킹
101 전향규시집 | 박실마을 풍경 듣다
102 진용숙시집 | 늦은 나들이
103 김두녀시집 | 빛의 정釘에 맞다